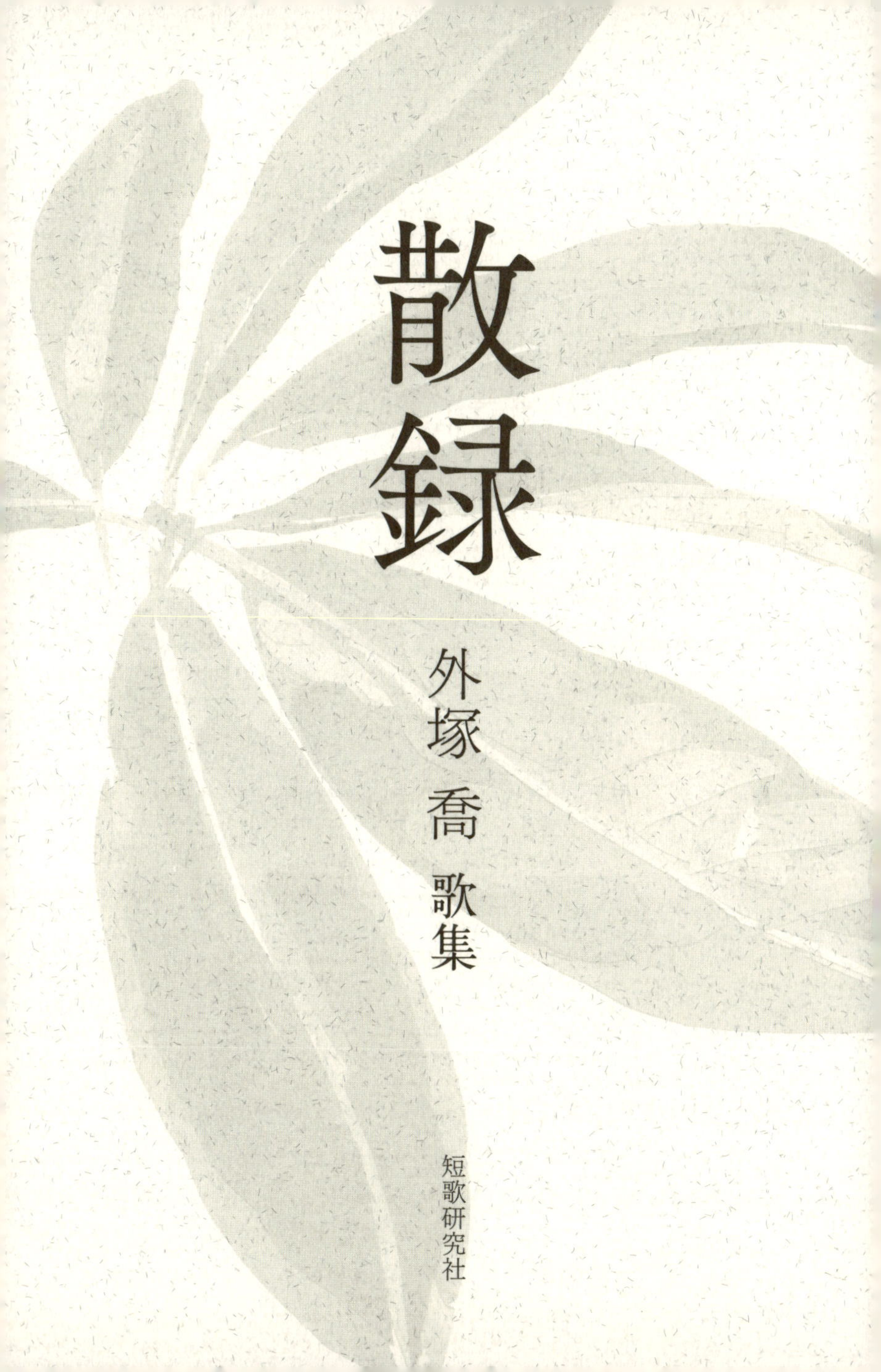

散録

外塚喬歌集

短歌研究社

散録　目次

装幀　花山周子

散録

さんろく

盧生の夢

もしや今日は天老日《てんらうにち》かわだかまり何ひとつなく空は冬晴れ

いつそ言つてしまつた方がこだはりの消えてしまはむ雲のかなたへ

行き先を間違へてゐる夢の中どこにでも咲いてゐる寒椿

冬はこころを鬱《ふさ》ぐことあり夕晴れの風景の中に鳥は来て鳴く

比喩はたのしい南瓜をおぢいさんといふ人の心にふれて歳晩

力抜く手を抜くさらに肩を抜く街空にありどろんと月は

誰かさんが置き忘れたる公園のボールみたいに心はしぼむ

早咲きの梅咲きてわが眠り目は盧生《ろせい》の夢を忘れて仰ぐ

家を出るときは旅人　ガリレオの望遠鏡を手よりはなさず

みづからの影をときをり見失ふ鯉魚《りぎよ》となり冬の街中ゆくに

客待ちの一台が出てつぎつぎと車の明かり広場に動く

踏みしだく野の枯草に甘やかに匂へるあればさらに踏みゆく

われよりもすべての人は物知りと思へとや今朝の山鳩の声

ジョーカーの使ひどころを待ち待つに歳月はわがこころ曇らす

古書店を出て古書店に入りこむ無為なるやうな時間惜しまず

この冬に掌をあたためる手袋に母のやうなるぬくもりのこる

深入りをする手前にて引き止める菩提薩埵《ぼだいさつた》のやうな大き掌

吹きさらす風の向き急に変はるとき野ずゑの草のかがやきを増す

実の二つ三つ

アベリアの残んの花に扁虻《ひらたあぶ》ゐて冬の陽の西に傾く

朱《あけ》の実のさがる珊瑚樹日の入りの近くになれば雀出で入る

近づくに距離をたもちて街川に鴨の泳ぐにさざなみを引く

いそいそと街ゆくに陽の落つるころ乱反射する高層のビル

古書店をさかりきぬれば首都高の明かりは夢をはこぶがに見ゆ

目に見えぬ時間の中に瞑想をするやうな花梨の実の二つ三つ

狡賢《ずるがしこ》いにんげんを木は騙さうと葉を落とし冬は素裸になる

咲き出でて匂へる花は生活のにほひと斯《か》くもまじらうとせず

帰る家がわからなくなる日がもしや来るかと思ひつつ街を行く

冬空のベテルギウスに目はゆくにギリシアの神は神を許さず

身から出た錆の始末に殺《あや》められうごかぬ星となりしオリオン

うす塩の郷土料理の〈しもつかれ〉鍋の蓋とれば母の匂ひす

見さかひのつかぬ心にひだる神住みつきて一日われを左右す

花の小面

うれひごといまだ消えずも差し仰ぐそよごの枝に赤き玉の実

香りよき花を引き寄せさらに嗅ぐ差し過ぎ人のやうに時には

木《き》ばしりと遠目に見しは小啄木鳥《こげら》にてひかりをこぼしつつ枝わたる

退職してもう十年かいやまだか遊び足りない遊ばなくては

日常をしばし忘れて日常に戻るとき街にしろがねの雨

生きゆくにまとふ憂ひを花咲けば花に雨降れば雨にまぎらす

駒ひとつ〈と金《きん》〉に変へるよろこびのやうな日がありみつまたの咲く

遠出して妻あらぬ朝書き置きの燃えないごみの一袋だす

斎藤茂吉の声は知らずも書棚より老人くさき声がこぼるる

風強き日にはひかりも濃くなりて街上にわれの影うごきだす

目を合はせたる孫次郎若き日の恋はくるしきものとこそ知れ

何度癋見《べしみ》の顔したらうか焦《こが》れ死《じ》にすることもなく年を重ねつ

炉心溶融《メルトダウン》まだ収まらぬうつし世を憂ひの目にて見る鼻まがり

人がうごきても風はなし小面《こおもて》に母を思へば母の匂ひす

面を見て気おもくなれば身体よりたましひが先に雑踏に入る

乗り合はせたる顔がみな能面に見えて静けし夜の地下鉄

道連れの月はかくれて街中に山盗人《やまぬすびと》の足早に過ぐ

紙と鉛筆

夢に見るときに架《か》かれる虹の橋ひとたび渡りたれば帰れず

土竜《もぐら》といふけつたいなるもの庭にゐなくなるころに二人の子もゐなくなる

この齢《とし》になれば無傷といふはなく日に三度飲みてゐる生き薬

煮しめたる凍《こほ》り蒟蒻《こんにやく》歯ごたへのなけれど嚙むほどに母の思はる

なじむにはいましばらくの電子辞書ひと恋しくて鳥のこゑきく

馬頭観音ふたつみつ午後に見めぐるに心はときに江戸に馳せゆく

希土類元素《レアアース》ひとつなくても立ちゆかぬ国も大事、だが老後も大事

明日には乾く路面の青びかり消えてゆくものがこころに残る

くらやみは開《あ》かずの扉生きてゐる証ともなるこゑだしてゆく

捨つべきを捨てて最後に宝玉《ほうぎょく》として残すもの紙と鉛筆

不可思議

望遠のレンズに鳥を追ふときに春の疾風《はやて》は花をも散らす

思ひ出し笑ひのやうな表情に咲く花いくつ椿がいつつ

精神のひもじきときの面差しを知る椿なり咲きてすぐ散る

ふたりゐて間がもてぬとき壁面のルノアールの少女が目くばせをする

天一神《なかがみ》のもしやゐる日か明日ゆく南の街に傘マーク出る

声に出して笑はぬけれどかたまりて咲けば木香薔薇は笑へり

くもり日は花の匂ひも濃くなりて女人のごとくわれを引き寄す

連れ合ひといふ関係は貸借があるやうなないやうな不可思議

郭公のもう鳴くころか無為無策なるこまぎれの時間失ふ

ためいきをつけば憂ひもこぼれ出て沼のおもてにいちめんの雨

スクリーン-セーバーにゐて夜更けまでわたしと対話する虎鶫

牡丹咲けば人はこころに灯《ひ》をともし人生をかへりみるごとく見る

唐梨子《からなし》は苦労のあとの見え隠れするやうな木なり樹皮を落とせり

目をうすくあけてかみなり雲みるに円光のごとく射す陽の光

昨日は今日の昔なり取り返せざる時間のなかに咲くかきつばた

にんげんはわがままなれば花を見て鳥を見て変身願望の湧く

風のたまり場

転《うた》て人《びと》この世から消え栃の木の花明かりする五月の空に

鳴けば気も晴れるだらうくわくこうくわくこうの声する森のにほんたちばな

さいはひを零さぬやうに手から手に寄せ書きの色紙まはされてくる

こんな夜に齢をとりさう紫陽花の藍の玉花ぬらす五月雨《さみだれ》

これ以上うつ手なければ打たざれば表には見えぬ溝の深まる

待つてゐるうちが花なり約束の九日《ここのか》は天老日《てんらうにち》となるべし

日によりて遠く近くに郭公のこゑはしてさみだれ雲のひろがる

死んだふりしてゐるは人のみならず日向の石の上の金蛇

後世《ごせ》をみるやうな目をする金蛇の身を躲すとき青光りせり

勝ち負けは時の運なり気負ふ身は一石日和《いちこくびより》の都心ゆきゆく

咲きすぎる花もうとまし梅雨寒の日の午後となり糊空木《のりうつぎ》散る

物の怪の匂ひ残れり雨の日の電車は首都の直下を走る

花に木にこころあるべし花終へてより鬱々とせり山法師

生き急ぐやうな木もありさきがけて涼しき花を咲かす百合樹《ゆりのき》

人の住むところには火と水があり火のまさるとき戦火の臭ひす
山鳩のどどつぽつぽと鳴くけやき夜には風のたまり場となる

守り目

金蛇は生き残らうと銀色の尾を切りて深き草叢に消ゆ

われよりもさびしさうなり待受けの画面に猫は手足を伸ばす

閉ぢこもりやすきこころに砥部焼の晴れわたる鈴の音をひびかす

雨降りのやうなこころに睡蓮の花ぱつと咲き明かりをともす

負けが込むこと多くなる王よりも飛車角を大事にしすぎてゐるか

詰将棋なかなか詰まず成金《なりきん》の歩《ふ》が守り目となるを崩せず

椿の実おとす非情な仕打ちしてにんげんは花をたのまむとする

星の降る音のこころにひびく夜ジョーカーはわれの手を離れゆく

雉鳩も眠からう夜明けがたに降る柴榑雨《しばくれあめ》の耳にとまれば

死してなほかなぶん一つ緑金のその身をさらす今朝さはらかに

聞き耳をたてて楽しむ木のありてさわさわと夜に木の葉を鳴らす

西空に片割れ星の奔《はし》るころ死者たちの夢の中に入りゆく

越冬キャベツ

わが舌をよろこばせるは雪の中より掘り出せる越冬キャベツ

冷蔵庫に財布を入れるといふ人はどの道自分を失くすであらう

いかんともしがたきときは　不動如山《うごかざることやまのごとし》　に徹しゐるべし

吊るし切りされし鮟鱇ぐにやぐにやの身と骨となり皿にをさまる

真昼間のひかりさだまることなくて舗道に映るわが影を消す

こよひ飲む酒にくさやの一品が加はりて島の御神火燃える

保存樹木の椿咲きだしこの夜みる夢に芭蕉とみちのくを行く

思ふことの一つにまとまらざる朝にやはらかさうな日向道《ひなたみち》ゆく

亀の見る夢の世界をのぞくごと夢ごころにて電車にゆらる

初雪といふには舞へるほどなるに空気が重く重く感じる

知つたからには

音もなく降る雨はわが目の前を斜めによぎるときにかがやく
枇杷の花花《はな》とわからぬほどに咲き世の辛艱《しんかん》をふかく見つむる

いたはりてくるるは花か花の香か目を瞑りこころを空に投げ出す

あつけなく死ぬ予感する憂き耳に夜空に星のしきり降る音

追ふ夢も追はるる夢もみなくなり犬馬《けんば》の 齢《よはひ》 ただ重ねゆく

留守電に残れるこゑを再生をしてから深き眠りに落つる

消去したと思つてゐたが薄暗い空のかなたのメール一通

いざとなればやはり仏滅を避けてゐる無神論者と決めてゐながら

壁の絵の中のひとりに面影にたつ人のゐて茶房たのしも

とても長い時間をかけてお互ひの心情を知つたからには別る

卦体《けったい》なるこゑはこの世のこゑならず玩具の猫と人は対話す

鬼ころしは殺すどころか蟒蛇《うはばみ》といふ厄介なものを生み出す

一年間だましだまして使ひこしいとしき奥歯一本を抜く

ひと粒の金平糖にもの足らず二つ目にして芥子の味知る

壜と缶を捨てる第三金曜日　人目を包みながら朝ゆく

足の爪を切るに左が先になる右利きなればいたしかたなく

死が怖くなくなるやうにゆるやかに人間は惚けを深めゆくといふ

鳴く日鳴かぬ日

狛犬を前方に見てちかづくに狛犬も一歩前進をする

灯籠を中心にして写さるる人は左と右に分かれて

みるからに重たさうなる八重の花憂き身のわれは足をとどめつ

家にまで持ち帰りては心配の種になる種を大空にまく

転居先不明の手紙きな臭《くさ》き臭ひをさせて手もとにもどる

山鳩の鳴く日鳴かぬ日歳月は生きてゐる人のこころくもらす

こころにもあらぬ思ひはつぎつぎと形変へゆく雲にかも似る

引きこもることを許さず歩《ある》き神《がみ》花咲けば花の方へみちびく

常に味方になるともかぎらず分身の影法師さへひとり歩きす

ひまはりが咲いて心をともすゆゑ不可能が可能に少し近づく

誰もゐない時間のなかにゆふぐれに声を落とせり雉鳩の二羽

くもり日の空気濃くなり飛ぶ虫の地《つち》の面《おもて》をすれすれにゆく

散る花はニセアカシアの香りして鞘《さや》走りしさうな身を引き止める

もう蛇は姿みせぬか恐いもの見たさに庭のおどろ分けゆく

眠れざるときに露けき庭の草ふめば蛍のごとよみがへる

忘れやすくなるはお互ひさまなれどお互ひを忘れるまでにいたらず

雨の粒をかぞへる

母を恋ふときのこころは青澄めるみづうみの上を風のごとゆく

地球儀に海はあふれて書きかけの遺書一通を水浸しとす

ややもすると空の曇りにわが頭《かうべ》つぶされさうな先に雨降る

雷神がゐれば雷神の手下ゐてわれのゆくてに雨を降らせる

雨傘にかくさなくてもよき顔をかくすとき人は神のごと見ゆ

木はまるで言葉を返すをみななり撓《しな》へるときにみどりかがやく

鳥のこゑ鳥よりもうまくなるころに覚めてしまへり昼の眠りは

捨ててもいいが捨てる順番の決まらねばとりあへず嗜欲《しよく》をとほざけておく

にんげんに生まれなくても木には木のくるしみありて鳥を友とす

少しくらゐ飲み忘れても死なないといふ薬守り札のごとしも

人も木も影もてばその濃き影のなかに危なくなればかくるる

もつべきものは友といふより物言はぬ花なり匂ひのつよき茉莉花《まつりくわ》

終バスは出てしまひ取り残されしわたしは雨の粒をかぞへる

小高賢氏を悼む

相半ばするやうに死と生《せい》のあれば今日はかたむくより死の方へ

こだはつてゐた老いの歌詠まずして死は早すぎる六十九歳

順番はないとは言へど順番に間違ひありて人ひとり逝く

第二木曜日には〈ロイホ〉でみんなして待つてゐるあんみつを注文するよ

今日かぎりこの世にゐない人のため降る雪は首都の空を暗くす

此岸より彼岸にことわりもなく行きて雪は降り積むきさらぎなかば

かへらざる人を思へばこの幾日《いくか》記憶の断片をてのひらに置く

生存の確認のためにくる葉書　年金受給者のわれはしたがふ

緊急地震速報にさへ慣れやすく携帯電話《けいたい》をマナーモードに戻す

ひと声のあとのふたこゑ息ながく鳴きたる鳥はくらやみに消ゆ

占ふ時間

あやふくも体《たい》を躱《かは》して人ごみをゆくに鱗のなき魚となる

行きもかへりもとほる改札〈Suica〉にはわがアリバイの刻印さるる

今日のわれを知るはわれのみ舗装路を踏みたる跡を日照雨《ひでりあめ》消す

この先の十年は長いか短いかまさしく〈老・死〉より逃れ得ず

ひとつ年をとつても何も変はらない紫けぶる桐の花さく

父七十二歳、修七十六歳の死を思《も》へば七十代には金神《こんじん》がゐる

紫陽花の花あかるくて身から出た錆のひとつを照らしやまずも

土地勘のなき街ゆくに角ごとの忌中紙が生きてゐる人をよぶ

映れるはわが顔ながらとむらひの後の車窓の顔は徒人《あだびと》

本棚の本の背表紙亡き人もまだ生きてゐてわれを見下ろす

引き出しは不思議な小箱知らぬ間に天保銭も消えてなくなる

目の疲れこころの疲れにならぬゆゑ目を閉ぢて聞く〈フィンランディア〉を

トランプに占ふ時間この世からわがいのち少しづつとほざかる

すぎゆきも未来もともにけざやかに見えさうな花えごの白花

降りつもるえごの白花ちちははの亡き故里の風の匂ひす

てつせんの濃きむらさきの情念のやうな花あれば花に手を触る

草とると庭にゆくにも子機をもつ連れあひの深きこころを知らず

近づけば水面に浮きてくる金魚人には言はぬことばをかける

葦火おもほゆ

耐用年数はるかにこえしフライパン別れねばこの後《のち》も使はむ

〈すかいらーく〉の雲雀を見るにまなうらに親子四人の団欒が見ゆ

セザンヌの贋作なれど生き生きと「トランプをしてゐる男たち」

これ以上は無理とわかれば死んだふりしてゐたり猪子雲《ゐのこぐも》の過ぎるを

郭公のこゑ聞かざれば水無月はこころのうちに湿り気の増す

ふるさとに咲く黄あやめがまなうらにありて暮れ方の鉄橋わたる

見えさうで見えぬ未来へゆふぐれに磯ひよどりの来てはみちびく

水鳥は水のひかりにまぎれゆき人のこころに跡をのこさず

原発の明かりが消えて葦刈りの人のともせる葦火おもほゆ

平凡が非凡に劣るとは言へず原種の薔薇の一重こそよし

ここで啖呵をきれれば胸も晴れようが無口にさせてしまふ花の香

鳥の目はわれには見えぬものを見てゆふぐれどきに街空を飛ぶ

身を引くべきや

ひかりにも音があるかと思ふまでむかひのビルのガラスきらめく

うごかざる水とも見えて蓮池に陽の差せばたちまち波たつごとし

行動をともにするそれは先にあるクレバスを渡るやうなものだが
いまわれは薔薇《さうび》の棘と思はれてゐるやいさぎよく身を引くべきや
草むらに沈むひかりに追憶の欠片《かけら》のひとつひとつ照らさるる

命乞ひするかのやうにわれの身に実を付けゐたり野のゐのこづち

瑠璃紺の花さくところくちなはの消えてなまぐさき臭ひ残れり

ざくろの実割れて三つ四つ晩秋の故里にわがこころは走る

目にするは黄菊白菊　唐櫃《からうど》の母を埋めたる日の思はるる

眠りよりさめさうもなき少女ゐて武蔵野線は秋の匂ひす

こゑの便りを

地下街を出づれば空に日輪のありてひかりの粒子こぼるる

走ること忘れし足は徒走《かちばし》りすることもなく電車のりつぐ

ゆふぐれに潮差しのぼる街川にプラスチックのゆきどころなし

〈のぞみ〉より見下ろす街のどの街も原発の灯《ひ》はともりてをらず

ガラケイをスマホに替へて全世界空より見るも戦火は見えず

とんぼらもさびしきときがあるだらう手に止まらせてやるから来いよ

遠眼鏡《とほめがね》ほしくなる日よ山鳩のこゑの便りをこころにたたむ

過ぎてゆく時間のなかに見えてゐてピサロの「ボアザン村の入り口」

認めると言つてしまはば負けさうな一石日和《いちこくびより》なり暗む空

朴の葉のひかりまとひて空中を散《はら》らくときに明かりがともる

暗証番号おせどもおせども認証をしてくれずわれはどこのどなたか

おたがひが惚けてきたよと言ひあひて本当に惚けてきてゐる二人

晴れさうで晴れぬいち日パソコンに困りたるとき下の子を呼ぶ

浅い川も深く渡れといへる故事おいそれ者は身につまされる

からうじて生きてゐる身は七曜のうちのひと日を水と対話す

樹は樹よりも人と話すが好きらしく近寄ればぽつと蕾あかるむ

栞となりて

電子辞書には八十六羽の鳥のゐて思ひ思ひのこゑを聞かする

敵が減り味方が多くなるころにエンディングノートが必要となる

百円ショップに来て気まぐれに求めたる三色ボールペンをはなせず

ネクタイを取つかへ引つかへするうちに最後の一本が首にまきつく

咲くことが愉しいやうに山茶花の咲いて霜月　母の忌が来る

これしきがなぜ開《あ》かぬかと墿の蓋《ふた》妻にかはりてわがあけむとす

食べごろのバナナの匂ひ半分を妻が食べたる後にわが食ふ

憎しとは思へど知能犯なりと妻は言ふ騙されさうになりたればこそ

為政者のあの手この手に老い人の蓄《たくは》へは減り孤独死の増ゆ

「七十《ななそ》ぢの翁」と詠みし玉城徹こころにおきてわが顔を見る

まるで樹の相方のやう樹の下のベンチに人のゐる日ゐない日

ゆふぐれは人恋しくていつのまに行合神《ひだるがみ》さへわれにとりつく

三食のうちの一食ともにする二人なりゆふべの明かりともして

時間惜しなれば今宵は読みかけの本の栞となりて眠らむ

風をつめこむ

しばらくを沿ひて走るに吉井川ながるる水の青光りする

聖堂に来つればこゑを失ひてもみづる楷《かい》のしもべとぞなる

閑谷《しづたに》に来て見めぐるに火除山《ひよけやま》すでに紅葉の色のきはだつ

楷の木の葉は落ちつくし冷えしるき大成殿に説く孔子見ゆ

芽が出ますやうにとひろふ閑谷の楷の木の下に楷の木の実を

芽吹くかと問へば芽吹くと黒びかりする楷の実をてのひらにのす

冬の日のひと日あそぶと閑谷の椿の森の闇をくぐり来《く》

つぼみまだ固き椿は閑谷の空ゆく風の音と呼応す

論語よみの論語知らずの木偶《でく》の坊《ばう》ひとめぐりして閑谷を去る

樹が空の風を引き寄せ冬ざれの街に黄金の葉を撒きてゆく

水のうへ走れる鳥の影ふかく備前の国に冬は来むかふ

原発の火をたよらずにやはらかな薪の火をもて焼きし陶物《すゑもの》

備前焼の店のとなりも備前焼こころえ顔に主《あるじ》うなづく

通り過ぎようとしたれば火襷《ひだすき》の美《は》しき甕なりこゑをかくるは

偶然のたまものとして火襷の色あざやかな壺はうまれつ

陶工の意のままにならぬ土なれば襷の文様濃き薄きある

江戸の世のぬくもりをいまも古備前の壺は秘めゐて火襷あらは

こころもち大きさうなる壺のうち冬ちかき日の水の匂ひす

手の中につつめるほどの水差しのなかに備前の風をつめこむ

わが守り神

生きてゐるうちは楽しむ旅の夜は地《ぢ》の酒を飲み地の魚《うを》を食ふ

きりつと結ぶ仏の口のゆるぶことありて紅葉の下の乙女ら

旅疲れしてゐる目にも水の上《へ》にはばたく鳥のかがやきて見ゆ

合縁《あひえん》も奇縁もあれどつつがなく生きて今日あり備前の国に

〈さうぢやろが〉の話の語尾のやさしくて生まれし土地を人は離れず

木枯らしの来るまへの空ものかげに客死が待つてゐるかも知れず

恋ひこがれゐても死にても生まれたるふるさとの土となるはかなはず

にんげんに聞こえぬこゑが木と木にはありてゆふぐれの空を濃くする

迷ひつつ生きてこの世の崖つぷち歩きゆくこと後いくばくか

こころさへ人にあづけて空火照《そらほで》りするみんなみの街を帰り来《く》

転んでもただでは起きぬ生きゆくに不倒翁《ふたうをう》こそわが守り神

茱萸の花

運命といへども運命のいたづらとしか思ほえず小高賢の死

罫《けい》ふとく引かれてこの世との絆たたれたる人を思ふ雪の夜

坂多き町なり上大崎一丁目三〇―一〇に眠りゐる君

左右《さう》に寺のある坂をきて紅梅のさかりに君のかたはらに立つ

迷ふことなきやう君は奥津城にゆく角々にこゑかけくるる

一年はたちまち過ぎて紅梅の寺にきてこゑをきかむとぞする

常に輪の中心にゐし君なればさびしからむや梅の咲く寺

面と向かつてけふは話をするからな墓石に春の陽はふりそそぐ

何も言へない何も言はない過ぎてゆく時間のなかに風の音する

苔むして読めぬ墓石に冬日さし立ち去らうとする足を引き止む

居士《こじ》などになつてどうするわたくしに忘れられない人増えてゆく

去りがたく墓前にしばしぬかづくになほ追ひかけてくる君の声

墓処より見ゆるは白金台の街生活の音はここにとどかず

会ひ得たる心清まり常光寺梅のさかりをまかりきたりぬ

誰も見てない誰も知らない黄泉にゐる小高賢よりEメールくる

いちにんの死をきつかけに曇りたる胸に咲かせるけふ茱萸の花

疾風はこぼす

疲れては目をやる庭に四十雀きのふ来て今日は二羽の山鳩

電話には出るものと妻が子機を持ち庭の草とるだまされるなよ

不都合な電話には〈わたしはお手伝ひ〉あつぱれの花丸《はなまる》妻にやりたし

ご馳走のなかでもとくにご馳走の金目鯛の目玉をしやぶる

消し忘れないとたがひにゆづらねどたしかに点《つ》いてゐた風呂の火が

所沢市に基地のあることすら知らぬ人のゐてアンテナの先の赤い灯《ひ》

はげますもにぶくなりたるわが脳《なづき》女人と話すときにはたらく

ぼうたんの花のひとつにとどまれるひかりを春の疾風《はやて》はこぼす

核抑止力のバランス崩れる日ありて敵味方なくなべて死す

人の手が支配する世に人の手の及ばぬ福島の廃炉計画

廃炉とはよき言葉されど何がおこつてゐるのか本当のことはわからず

大声が出にくくなりてわれの身はけふ山鳩と会話ができず

つばくらの来る季節なり加齢とはうごかしがたき隠《かく》れ岩《いは》かも

母の日は母のなき日と意識する日となりて五年クレマチス咲く

瞑目をする

朝方の雨のわづかなしめりけに河床のごとき石畳道

ばうばうの草の翳りに雀子の鳴くこゑは人のこゑを怖れず

すずめ来てつぎは雉鳩きのふより水溜りの水かがやきを増す

雑草のなかにけなげに生き残るひるがほは誰の目にもひるがほ

幻想はたのしきかなや睡蓮の丸葉の上に常少女《とこをとめ》立つ

ある日ふと道にて妻が拾ひたる二枚の切手海を越えゆく

天たかく咲くをし見るにくもりびに百日紅の花のけぶりつ

うさぎの時間かめの時間がいちにちにありて怠け者の帳尻があふ

山鳩のこゑ遠くなり亡き人の年忌の知らせ来たる八月

緋の鯉の水中ふかくこもる昼　瞑目をする八月六日

ひまはりは少女の笑顔　夏の陽のやけつくやうな今日原爆忌

昼さがりに葡萄を食めば口中《こうちゆう》につゆけき甲斐の国の風吹く

しんがりが好きとはいへどいたづらな神がゐて死の順をくるはす

聞くほどに二月八月死ぬ人の多くして父の逝きし八月

百年をどこにも行かず身を軽くするために葉を落とす欅木

天眼に見る

落とし穴があるといふ妻　現金をもつのみにしてカード頼まず

捨て犬を捨て猫を見ずにんげんの赤子がときに捨てられる世に

夢はいつもいたづらをする読みかけの本をひらくに文字ひとつなく

見ることは見られゐること水中にまなぶたもたぬ魚のひしめく

うづくまり人の泣けるに鳴きながら越えてゆく鴉は空のまほらに

山ふかく来て味はへり根性の曲がつたやうな根曲がり竹を

ところ変はれば食の文化も変はるものオクラの花は人に食はるる

蒸し暑き夜の卓上に無花果は熟れて赤子のやうな匂ひす

人とゐてこころ弱れば国境のなき夫婦星《めをとぼし》われは仰ぐも

行く手には超高層のビルありて飛びかふ鳥のこゑは聞こえず

山あひに雲のうごきて午後の陽は平らかにさす胡麻のはたけに

空が高くなるといふ秋おのづから空のまほらを天眼に見る

布袋葵の花咲くみればみづぎはに濯ぎものする母のうかびつ

寝たきりにならぬやう日に一万歩あるきて秋の七草を知る

欲心《よくしん》をもてぬ日がくる杖つきて歩く日がくる一切無常

明珍火箸

空をとぶことはた易しひと眠りしてゐるうちに翅《はね》が生えくる

大島史洋の兄の一洋百歳の父の介護をいまもつづける

無職とは気楽も気楽　閑人のわれに出仕事居仕事《ゐしごと》のくる

ゆふぐれは血もにごりゐて簡単な四則計算さへもとまどふ

変はりゆく街に変はらず辻地蔵一言居士のやうな顔なり

いかんともしがたし世代の差のあれば明珍火箸を誰もが知らず
聞く方が野暮といふもの火鉢さへ知らぬ世代に火箸なほさら

コスモスよ

みづからの声をたのしむことありや山茶花にくる四十雀二羽

まこと柘榴の笑ふ朝なり見せかけの顔は見せない見せてはならず

〈益者三友〉〈損者三友〉いづれとも交はりてこの濁り世に生く

秋の日のすずしき花よコスモスよ悪につよければ善にもつよし

髭剃りを終へてつるんとしたる顎　負けさうなときは丹念に剃る

深夜ひとりの楽しみとして電子辞書灯《とも》して聞きてをり鳧《けり》の声

引き出しの中は小さな宇宙にて名刺のあたり声が聞こえる

失せものの消しゴムひとつ長旅をしてきた後のやうにあらはる

水明かり花明かり

白秋の歌碑いくつある柳川に十二あるある水照《みで》りの明かり

あざやかな色の〈さげもん〉柳川の町に白秋と修の遊ぶ

飛び立ちてすぐまた水にかへる鳥柳川は死者に多く会へる町

遠目にも見えて水路のかがやくは水の面《おもて》に風のあるらし

水ぎはの辛夷の花は掘割の水の明かりにかがやきをます

川下る舟にのらずに花明かり身にあびて椿の日向道ゆく

車前草《かへるば》にまだ薄白き花なくて白秋道路を人は徒行す

真椿のさかりの花に来遇ひたり宮柊二歌碑をたどりゆく道

曇り日の風つよくして引き潮に河口の水の笹にごりする

有明の海にそそぐにほそぼそと今日流れあり沖端川《おきのはたがは》

引き潮に川面にひかりうごきつつ海猫も鷺もその上を飛ぶ

しばしばも出会へる舟にわが歩みとどまるときに水の匂ひす

これが最後これが最後といふ思ひありて水の郷《さと》柳川を去る

まだ散らぬうち

濃きうすき日のあり人とひと言も話さざる日は花を友とす

声もてることは罪なり山法師見るときくらゐ瞑想をせよ

土地勘のなきわれはゆくうすら氷《ひ》を踏むやうにして有漏路《うろぢ》の果てを

沈黙は金《きん》なりといふ人ふえて髹《すい》入りのやうな平成をのこ

活版の文字の凹凸ゆびさきになぞれば越後の国原の見ゆ

白秋も茂吉も知らぬパソコンにかなはぬ恋の歌よみがへる

雨降ればまた風吹けば疎眠《おろねぶ》り先んじてこころが老いを深める

地のものの胡瓜の匂ひ都市住みのながからうとも忘れてはゐず

帰らねば帰らなければ母の待つ墓のさるすべりまだ散らぬうち

可惜《あたら》身《み》と言はれてこの世去るときを思ひながらに花を手向けつ

ほうたるは誰の化身かここにゐる誰よりも早く死にさうに光《て》る

小池《せうち》には棲まぬ大魚に死ぬまでになれさうもなし時間が足りぬ

先に死んだら何と言はれるかも知れぬよき友がよき人とかぎらず

不器用な手なれど紙は点線に沿ひて鋏を入れれば切れる

純黄の花

母の忌の近く朝鮮あさがほの色に脳《なづき》の奥まで染まる

角を曲がつて行つたきり二度と還り来ず風来人《ふうらいじん》のやうな風の子

月の夜に自転車こげばわづかなる凹凸もわが身につたはり来《く》

日を追つて色をふかめる珠《たま》の実を野茨に見て坂くだりゆく

化身ならついて来るはずついと来てついと離るる野の赤とんぼ

あの人はゐなくなつたと言はれる日たましひは木蔭で涼んでゐます

高層の階にも雨の街をゆく湿るタイヤの音はのぼり来《く》

東西の病棟をつなぐ長廊下　歩く歩かねば歩けなくなる

いまのわが齢《とし》には命の杖といひ杖に頼りゐし修先生

カロリーを制限されていろどりのなき三食をとるほかはなく

退院のめどのたたねば居仕事を持ち込むことも許されたまへ

難儀して面会に来るつれあひに冬寒き日に時雨はくだる

われはただ夜の鏡に向かひゐてよしなしごとをわれにつぶやく

眠らむとする際《きは》はいつも茫々として純黄の花がうかびぬ

欠かせざるものの一つの眼鏡にてときには見てはならぬもの見る

葉が落ちて鳥が来るベッドより見ゆる窓の景色がさわがしくなる

十日ほどベッドに臥せれば即決をせねばならぬは妻にまかせる

さかんなる炎《ひ》を見る生活《くらし》われになくひしひしと身におとろへきざす

冷たくも冬のひかりのかがやきにわれよりも深く色に染まる木

ひと色に紅葉《もみ》づる枝をかいくぐる番《つがひ》らしくてこゑは徹るも

寒風の吹き頻《し》く空を目にするに小鳥は風にさからはず飛ぶ

石蕗の花に日差しのとどまりてそのめぐり飛ぶ冬の蜜蜂

珊瑚樹に朱《あけ》の実のつきうち仰ぐはたてに雲のひとつなき空

角《かど》ごとにわれを巻かうと吹く風の向きを変へむとするときの音

あこがれてゐれば伊予にも行けるはず原発再稼働のせぬうち

会ひがたき人は亡き人会ひたくなれば小さく鳴らす砥部焼の鈴

来む年はわが六度目の干支にして赤ら顔なる申が目につく

後ろには〈酉《とり》・戌《いぬ》・亥《ゐ》〉がゐてわれ先に天下を取らむとしてゐる気配

ひかりと影

人は濃き影を曳くなり鳥のごと地上より飛び立つことのできねば

三叉路に立ち止まるとき先に立つ影は迷はず左に折れる

攻めるより守り固めつ若からぬ身の上に降るしろがねの雨

コンビニの終夜の明かりこの国に朝起き千両の人ゐなくなる

泥中にその身かくせる底魚《そこうを》のごときかも気がのらぬ一日は

この先の先はわからず手さぐりで行くには拾ひ歩きにかぎる

火吹きだけふうふう吹きてゐる母を夢にて見たり暁月夜《あかつきづきよ》

寝驚《ねおどろ》くこの二日三日うちそろひ黄泉の国より父母のくる

風のむきかはりて街に女人らのこゑ消えて土器声《かはらけごゑ》のきこゆる

不都合なときには遠くなる耳に冬寒き日の風を集める

見てゐないやうで見てゐる人の目は軽忽《けいこつ》な一挙手一投足を

地上より地下明かるくて冬眠をしさうな胸の内をも照らす

同窓会名簿に見るにわれの名は「故」と「故」の間にはさまれてゐる

災害時なくてはならぬ火種にとわが引き出しのZIPPO捨てられず

セイロンがスリランカとなりコロンボがスリー-ジャヤワルダナプラ-コッテとは

〈ちよい乗りは罪になります〉効き目なくわが自転車は煙《けむ》のごと消ゆ

おろおろとしてゐるわれは笑《わら》ひ種《ぐさ》呼べど応へてくれぬ自転車

怒るにも笑ふにも力が必要とあればししむらをさらに引きしむ

二足歩行してゐれば人、坐りゐてまぶたの黒き女《をみな》は狸

やがて世間から忘れられ著作権継承者名簿の〈と〉の欄にのる

助詞が変だよ

ゆふあかね雲の照らせり妬《ねた》み種《ぐさ》もたざる草のあかあかと燃ゆ

暇人は遊んでゐると惚《ぼ》けになるぽつりぽつりとくる日仕事が

脳トレをせよといふ妻のこゑがするこのごろ助詞が変だ変だよ

死後五年くらゐは噂にもなるが人は忘れられ仏になれる

足りないは足りてゐること原発の灯がないからと困る人なし

七十歳《ななじふ》は通過の地点　生きぬきて原発ゼロとなる世を見たし

七転び八起きの一生《ひとよ》とぢる日を知つてゐるかのやうな野仏

悪趣味は趣味にはあらずストリートビューにて覗きたり他人《ひと》の家

孝行はいまさらできぬ命日に瞑目をして花の香をかぐ

口巧者《くちがうしや》はばかる世にも気恥づかしさうな大和のをみなぬくとし

私がわたくしである証明の暗証番号・・・・・・・《ひとつにあらず》

気が気ではならぬらしわれを見かねてか木の葉隠れの山鳩の声

鼻の差も勝ちは勝ちなりウイニング-ランの馬には紙ふぶき舞ふ

あぶく銭《ぜに》夢にもてれば大穴の馬につぎこむ輓曳競馬

あかときの風はまぶしきひかりにて骨の髄まで寒さをはこぶ

ためらひのこころもてるに艮《うしとら》に往生所かすかにも見ゆ

朝臥《あさぶ》しに如《し》くものはなしやはらかなひかりのなかの鳥のこゑきく

取り逃がしたる鯉魚《りぎよ》は今みづからの内なる闇にひつそりとゐる

陽当りみかん

年かさね臆病になりてゆくこころ出嫌ひは日ごと日ごとにつのる

ばかでかい鳥居かまへて戦没者まつると聞けばなほ近寄らず

つれあひがたしなめるとき言ふことば〈怒ると命が縮まりますよ〉

無くて困らぬものより無ければ困るもの眼鏡・常備薬・スマホはなせず

見えるより見えない怖さセシウムの汚染落ち葉に貰ひ手のなし

いかに上手《うま》く生きて死ぬかを考へておけといふなり陽当りみかん

何が取り得かと訊かれてもがんもどき煮るぐらゐしか能がなく

かたはらの樹は母なる樹　年齢を明かさねど冬の日差しさへぎる

戒名の長さに金がかかる世にあひもかはらず居士に大姉は

子機をもて部屋を離れるつれあひの話し相手をするは何者

かたくなな田舎者トノツカタカシなり簸屑《ひくづ》のやうなものをたふとぶ

体内に小鳥を飼ひて逝く日にはひとりの旅のみちづれとなす

先を行く影

日陰より日向に出でてまぼしかる目には疾風《はやて》に走る葉の見ゆ

急ぐのはわれにしてわれの先を行く影にすがりてゆく思ひする

日だまりの日本たんぽぽ偶然に街に出会へる乙女のごとし

耄《ほう》ける日さう遠くなし陽の当たるベンチが空いてゐるではないか

あきらかにこの世の人でありながらこの世の顔でない化粧顔

目はものを見るのみならず向けらるる〈いや目〉に一歩二歩引き下がる

朝鳥の鳴くこゑを耳に木の間ゆくときにみづからも翼ひろげつ

境界を鳥はもたねば海越えてそらみつ大和の国に飛びくる

茹で卵ふたつに割れば〈心行き顔〉のやうなりその黄身を食ふ

たんに瑪瑙《めなう》の原石なれど反り返りやすき本には重石とぞなる

こころの折り目

くれなゐの花白き花ほのぼのと街路に見えてをり花水木

二日《ふつか》三日《みか》見ぬうちに桐の花落ちて一枚岩のやうな青空

道草を知らぬ子らたち隊列を組みてゆくなり戦《いくさ》ちかづく

桐の花咲き終はり空がひろくなる五月の五日ひとつ加齢す

暮れてなほほてりの残る街中をゆくとき魚のごとくあぎとふ

逃げ上手ことわり上手つひにわが身につかず夢にまで仕事する

七十代だれから見ても翁なり羽より軽い靴を買ひたり

夢のある年齢をすぎ黄あやめの花にこころの折り目を照らす

先負より先勝がよく千ミリのレンズの先に小啄木鳥《こげら》収まる

巡礼の鈴鳴れり君がのこしたる面河《おもご》の歌に春の来たりて

四国四県まだ知らざるは公彦の愛媛なかでも肱川《ひぢかは》あらし

泣くところ怒るところにくらやみのありて忍冬《にんどう》の花の匂ひす

航路より外《はづ》れて海にただよへる船にも似たり酔漢われは

夜ふかき街ゆけば角を曲がるたびひとり消えふたり消えてなくなる

かみなりの夜には猫も怖がりて骨壺の中に鳴くこゑがする

切り分けて二つのうちの大き目のメロンがわれの皿に盛られつ

手すさびにゆふべに開く子の図鑑くはがた虫の臭ひこもれり

向日葵の顔

花に実がつくとかぎらず黄《きい》の花咲きはじめたり唐茄子《たうなす》畑《ばたけ》

みどり濃き大《おほ》くすの木に宿りゐる神の涙のやうな雨降る

行き先は気の向くままの徒行にて拾ふはつややかな馬刀葉椎《まてばしひ》の実

ゆふぐれを古き軒端に会ふをとめ首に吊るしたり瑠璃紺の玉

芯ふかく紅《こう》をふかめる木槿《きはちす》の落ちたる花をひとひら手にす

ざくろの果《み》いまにもはじけさうなるは陽にかげりつつ頭上に垂るる

国境を踏むこともなく島国に生きてこの国のあやふさを知る

交差点わたれるときの陽のひかり〈傘御光〉われはもてる思ひす

昼日中きては茶房の奥にある離れの島のごときに坐る

ぷるぷると胸を打つなり携帯《けいたい》電話をもつかぎりこの世から逃れ得ず

高気圧ゐすわりてゐて向日葵の笑ひこらへてゐるやうな顔

酔ひざめの水旨し末期の水もまた旨からう人は水にて生きる

白めだか青めだか欲し生活のうるほひとなる小さきいのち

水の月

うつむかず面をあげむ向日葵をひとりひとりの声と思ひて

高枝のさはなる花に陽はみちてつまづきさうな足もと照らす

葉交《はが》ひよりもるる光にわが生《せい》になくてはならぬ枝葉《しえふ》息づく

明日の雨は逃れやうなしあぢさゐのひとつひとつの顔が思はる

降る雨の草生に音もなく沈み話の接《つ》ぎ穂《ほ》ふと見失ふ

言へないことと言はないことに葛藤のありてこころの曇りは晴れず

価値なしと妻の嫌ひなスマートフォン迷へる路地に出口教へる

二度ゆきて二度間違へばこの角にゐるなり迷《まよ》はし神《がみ》がたしかに

生き急ぐことはないさうみづからに言ひきかせ木々を今日は友とす

速達はぬれたるつばさ海の香をたつぷりとわがてのひらに載す

おこなひを狂気の沙汰と言ふけれど戦争は人のこころ狂はす

あのころと似てゐるといふあのころへ晋三とその仲間かけだす

木になれず魚にもなれず現身《うつしみ》でゐるしかなくて蛍火を恋ふ

かくれたら二度と出られぬ馬刀葉椎《まてばしひ》繁りに繁りたるは神さぶ

新しく出会ふ人より別れゆく人多し紫陽花の咲く水の月

『散録』覚書

本歌集は『山鳩』に続く第十二歌集になります。二〇一一年から二〇一六年の作品を収載しました。この間に、「短歌研究」誌上に作品三十首連載の機会をいただきました。歌集の中心となっているのは、それらの作品です。歌集名の『散録』は、「心に浮かんだことをとりとめなく書きしたためた記録」と『広辞苑』にはあります。日々歌を詠んでいる時の私の気持ちを言い当てているように思い、迷うことなく決めました。

『散録』を編集していく上で、歌誌「朔日」に毎月発表している作品は除かざるを得ませんでした。それらの作品は、機会をみて一冊に纏めたいと思っています。

作品の制作期間に、七十代を迎えました。体力に自信はありましたが、衰えは否定できません。二〇一五年の暮れに、八日間ほどの入院生活を送りました。死に至るような病ではありませんでしたが、七十二歳で亡くなった父のことがしきりに思われました。父の享年は越えたいという強い思いが、恢復を早めてくれたようです。人生初めての入院生活は、少し休みなさいという、天の声だったのかも知れません。

出版にさいして、「短歌研究」編集長の堀山和子氏をはじめ編集部の皆さんに大変お世話になりました。厚くお礼申し上げます。

装幀を花山周子氏にお願いしました。いつかは花山さんにお願いしたいという思いが叶いました。楽しみにしています。

二〇一七年三月末日　近隣の桜が咲きだす日にしるす。

外塚　喬

検印
省略

朔日叢書第一〇三篇

平成二十九年十月二十日　印刷発行

歌集　散《さん》録《ろく》

定価　本体二八〇〇円
（税別）

著者　外《との》塚《つか》喬《たかし》

発行者　國兼秀二

発行所　短歌研究社

郵便番号一一二―〇〇一三
東京都文京区音羽一―一七―一四　音羽YKビル
電話〇三（三九四四）四八二二・四八三三
振替〇〇一九〇―九―二四三七五番

印刷者　研文社
製本者　牧製本

ISBN 978-4-86272-537-0　C0092　¥2800E